百年新诗百部典藏／马启代 主编

阡陌引

唐诗 著

江苏凤凰美术出版社

图书在版编目（CIP）数据

阡陌引 / 唐诗著． -- 南京：江苏凤凰美术出版社，2021.2
（百年新诗百部典藏 / 马启代主编）
ISBN 978-7-5580-5116-6

Ⅰ．①阡… Ⅱ．①唐… Ⅲ．①诗集－中国－当代 Ⅳ．① I227

中国版本图书馆 CIP 数据核字（2018）第 198343 号

责任编辑　李秋瑶
装帧设计　北京长河文丛文化艺术有限公司
责任监印　唐　虎

丛　书　名	百年新诗百部典藏
单册书名	阡陌引
著　　者	唐　诗
主　　编	马启代
出版发行	江苏凤凰美术出版社（南京市湖南路1号 邮编：210009）
出版社网址	http://www.jsmscbs.com.cn
印　　刷	河北飞鸿印刷有限责任公司
开　　本	710mm×1000mm　1/16
印　　张	10
版　　次	2021年2月第1版　2021年2月第1次印刷
标准书号	ISBN 978-7-5580-5116-6
定　　价	28.00元

营销部电话　025-68155675
江苏凤凰美术出版社图书凡印装错误可向承印厂调换

总序

转眼新诗已百年

马启代

早在20世纪的最后几年,大家已在议论新诗百年的事情,近年来,"新诗百年"的话题和各类活动甚至与社会商业活动携手并肩、大有超越诗歌本身的勃兴之势。事实上,看似在热闹中诞生的新诗,其本性与喧嚣并无基因上的联系。艺术与人类历史一样,有着表面风风火火的一面,也有着沉潜低回的另一条趋线。作为伴随新文学诞生的一个新兴文体,它呱呱坠地的时代的确可以用狂飙突进来标示,故我虽一向把社会"思潮"与"诗潮"的相伴相随作为认识百年新诗的一个重要视角,但我并不认同仅仅把波涛浪峰上的那些弄潮者看作新诗百年的代表,也就是说那些以潮流和流派及其风云人物为特征的历史叙事所构成的只是一个粗线条的描述,正是"思潮"与"诗潮"的历史共振,加上民族危难和社会动荡所造成的探索中断和精神异化,新诗所欠下的旧账一再被后来者忽略或轻视,仿佛一个亢奋的战士,冲锋中丢弃了装备,几番沉浮,在这个百年的节点,正是反思得失、检视成败的契机。当然,作为在争论甚至反对声中活得多数时候都青春四射的新诗,对质疑和批评的回应与对自身缺憾和弊端的正视从来都是一体两面需要痛加剖析、修正的问题。

我想略通"近代史"的人都会理解,产生于春秋战国以来极少出现的思想自由争鸣时期的新文学,结出新诗这个果实,既是必然,也显得匆忙。我们至今对它的称谓还有争议，如白话诗、自由诗、新诗、朦胧诗、现代诗、汉语新诗、新汉诗等，各有历史定位和美学指向，但莫衷一是，互不认同。此外，关于新诗诞生的历史成因、艺术脉络也各执一词，互有个见。我曾在《新汉诗十三题》中说过，它的源头不是旧诗，它与古诗、律诗、词、曲的代终体换不同，新诗直接来源于外国诗，不是一般的启示与借用，但新诗最终应是民族文化求新求变的产物皆赖于外来文化的刺激复活以及几代学人承前启后的不懈挽救。借此界定新诗的生日——假如非要有一个最大认同公约数的时间，我想，既不是胡适在《尝试集》中几首诗后面标注的1916年，也不是《新青年》2卷6号刊发胡适《白话诗八首》的1917年，而应是《新青年》4卷1号刊登胡适、沈尹默、刘半农九首诗的1918年1月。显然，作为《白话文学史》作者的胡适，深知"白话诗"与"新诗"在观念、精神和美学追求上的不同。他在1917年1月发表在《新青年》上的《文学改良刍议》被认为脱胎于美国女诗人洛威尔的《意象派宣言》，而意象派运动其主要旨趣在于解放英语诗歌的形式和语言，尽管他的代表人物庞德据说受益于中国古典诗歌的翻译。

但毋庸置疑的是，新诗承续了发端于18世纪以来世界范围内的诗歌自由化趋向，其背后蕴藏的历史人文内涵和深刻的人类精神走向乃潮流和大势。百年来，世界和中国都发生了许多亘古未有的大变化，人类在苦难和荣光中创造的无数诗篇，成为记录人类心灵和精神变化的珍品。尽管至今尚有人对新诗做出实验失败的定论，近年旧体诗创作日隆，也大有复兴的气象，但无须争辩的事实是：首先，新诗是个伟大而粗糙的发明（沈奇语），它无愧于百年风雨沧桑的砥砺磨洗（张清华语），你即便说它不成功，但也不能无视它有成就（桑恒昌语），穿越百年的时光隧道，战争、天灾、人祸以及正常或不正常的生存考验，新诗已经成为现代人重要的灵魂洗礼和精神救赎的载体。熊辉教授在《纪念新诗百年》中认为百年新诗的发展，最大的成功是确立了自身的文体优势。分行排列的自由书写成为承载现代人情感和思想的有效形式，而吕进教授把新诗看作"内视点"文学的主张，为现代新诗内在形式的确立提供了理论依据。其次，新诗采用大量口语和白话进行书面转化，使古老的汉语焕发出新的生机，重新把优雅与深邃找回，其在唤醒和复活民族灵性上体现出无可替代的前景。最后，我认为新诗与社会思潮与生俱来的根性联系，使其始终勃发着一颗求新求变的魂魄，百年来，它对于中国人精神的塑造居功至伟。

当然，一个百年的文体也许还处于未完成时，尽管许多文学史、诗歌史已翻来覆去根据不同时期的政治需要和个人诉求做过这样那样的修订甚至重写，事实上，所谓百年我们也不妨做模糊的理解，百年新诗也许尚未走出自己的青春期，业已形成的传统还显单薄，无论是文本本身还是理论批评范畴都面临着很多需要解决的问题。新诗不是"作诗如作文，作诗如说话"（胡适语）那样简单，断然不能把一种精神倡导理解为实践指南，正如不能把"下半身写作"理解为"写下半身"，把"口语写作"理解为"口水写作"。尽管民歌民谣给了自由化写作最初的滋养和激发，成就了彭斯和华兹华斯等不朽的歌唱，但新诗随着现代思想的传播，不适合进化论的艺术需要坚守和弘扬的恰恰是最初的和最原始的人的精神和梦想，最本真、最本质的感动。新诗突破了古典诗歌"触景生情"和"睹物思人"的套路，注入了"以思触诗、以诗触思"的感悟和体验，形成了"缘情言志寓思"的现代模式，这些皆赖于中西文化交汇中英美的浪漫主义和法德的现代主义诸流派的深度浸润。但一个文体既有它自我革新和不断蜕变的免疫能力，也有自我阉割的自杀倾向。如今，经历多层磨砺和戕害的新诗呈现出精神伦理和艺术审美上的诸多问题，"生底颤动，灵底喊叫"（郭沫若语）极有被废话、脏话淹没的危险。我在《百年新诗的"三度"迷失》和《当下诗歌创作的"三化"警示》两文中做了解析和指认。据此而论，吕进教授提出新诗的"三个重建"和"二次革命"多年，在展望未来时的确应引起我们的深思。

时光如白驹过隙，对于天地历史而言，百年不过弹指间的一个刹那，但于人于事，一个世纪毕竟暗藏着天翻地覆。适逢新诗百岁，借此数语，聊寄祝福！

目 录

卷一　乡村人物

- 003　母亲
- 005　父亲有好多种病
- 007　在深山中点灯的人
- 009　犁田的人
- 011　回乡的人
- 013　打核桃的人
- 015　迎亲的人
- 017　养猪的人
- 019　薅草的人
- 021　在天上飞的人
- 023　插秧的人
- 025　写春联的人
- 027　乡村诗人
- 029　牧羊人
- 031　摘樱桃的人
- 033　养孔雀的人
- 034　养蜂的人
- 035　磨镰刀的人
- 036　张寡妇
- 038　王三爷
- 040　大姨婆
- 042　外出打工的姐姐
- 044　卖豆腐的山妹

046　乡下大哥
048　结婚三个月的哥哥
050　干旱
052　酒是父亲的灯盏
054　唐三爷
056　那位女人像葵花
058　我羡慕那个在濑溪河边写诗的人
060　低矮的人
061　一个乡村诗人的自言自语
062　母亲的村庄
064　老农
066　养鱼大户李金花
068　送唐三爷上山

卷二　乡村事物

071　雪落在铁上
072　我的山村
073　在新农村写诗
075　困惑的夜
076　我喜欢乌鸦
077　当我看见核桃
079　梦中的清晨
080　捉泥鳅
081　童年记忆
082　核桃村的夜晚
083　仿佛灵魂突然一亮
084　风吹枣树
085　站在柿林边

086	在村庄的手边
087	小马驹
088	那只白鹭虽然宁静
089	青蛙在叫
090	山雀
091	五月的镰刀
093	螺罐山的桃花
095	蚯蚓
096	鸟声来得猝不及防
097	红雀
098	野菊花
100	正午的红高粱
101	麻雀
102	这个春天
103	一株玉米
104	荷塘翠鸟
105	柿子红了
106	暗夜的高粱
107	回忆
108	我把自己斜放在山坡
109	核桃村的鸟声
111	核桃村的雨
112	花朵还未走到秋天
113	一只白鹭
114	站在濑溪河畔
115	落日
116	我的故乡是一个花苞
117	虫声
118	苍茫的山菊花

- 120 藏不住秘密的树
- 121 雪落核桃村
- 122 每一个核桃都是一个字
- 123 雨中的核桃树
- 125 今夜我在核桃村睡得十分的安稳
- 126 凝视核桃
- 127 我在核桃中低语
- 128 核桃树在倾听
- 129 受伤的核桃树
- 130 每天都有更多的核桃出现
- 131 一颗核桃放在盘中
- 132 听核桃树唱歌
- 133 砸核桃
- 134 核桃村睡了
- 135 梦中的核桃树
- 137 核桃村的路
- 139 知了
- 140 土路
- 142 院坝边
- 144 濑溪河的鱼
- 146 起飞的鸟
- 147 黑夜的墓地
- 148 飞行的鸟

卷 一

乡村人物

母　亲

母亲，您走了走得像蓝天白云
像谷穗上小小的风
像白鹭飞来时满村庄的月光
淡淡地亮着

走进您住过的屋子
我的心一如虫蛀，空空地痛
端起您用过的杯子
而今它盛满的是我盈盈的泪水

您曾用霞光为我缝补书包
用鸡蛋为我攒积学费
这些往事像草根藏在地下

母亲，您是镰刀累弯了腰
您是槐花，累白了头
您是院后竹林的那只画眉
天天早上飞来看我

我听到了您清水一样干净的声音
感到了银子一样纯洁的品性
"儿子，当太阳来临

也不要抖掉身上的星子！"

这教诲让我记牢了什么是光明
什么是感恩
什么是骨肉情深

当我从梦中出来的时候
我就坚强了，我就长高了
每当我看见大树
便热爱上自己

母亲，我总觉得您还没走
因为您抚摸过的桃枝
还在让我满怀清香
母亲，纸张打开的瞬间
我的许多文字，都带有您的心跳

2001年1月初稿，2017年11月定稿

父亲有好多种病

父亲，您身上有好多种病
一想到这里
我的泪水就不知不觉地淌了出来

父亲，您身上有红高粱发烧时的颜色
有水稻灌浆时的胀感
有屋后风中老核桃树的咳嗽……
当我看到您发青的脸庞
我感到遍体的石头都在疼痛

父亲，您身上有松树常患不愈的关节炎
有笋子出土的压抑
有从犁头那里得来的弓背走路的姿势
当看到您眼中暗淡的灯盏
我就象您身上掉下的一根骨头坐卧不安

父亲，您为什么有病也不想治
您为什么总是忧愁时抽着烟坐在云雾里
为了替您买药，瘦弱的弟弟
把痛苦压低十厘米
变卖了家里最后那头老水牛
而我住在白云飘过窗口的城里

偶尔写点悠闲的小诗
却常常忽略了您一拖再拖的病
更没想到用我的诗句做您的药引

父亲,您只想苦熬着把疾病逼走
守着昏迷中的您
母亲哭得默不作声

父亲,红高粱说要治好您的发烧
老核桃树说要治好您的咳嗽
水稻扬花的芬芳会重新回到您的血管

父亲,现在,我正流着泪写这首诗
我笔下的字,一粒比一粒沉,一个比一个重
像小时候,您在老家弯曲的山道上
背着沉重的柴火,一步一步地回家……

1988 年 10 月初稿,2017 年 11 月定稿

在深山中点灯的人

在黑暗中点灯的人红如柿子
除了光芒还隐隐地带着甜味

这是一朵偶尔咳嗽的火焰
不再走动的火焰
像老树上的梅花映着白茫茫的风雪
亮在站立的地方

点灯的人白头发、白眉毛、白胡子
像白银打造的一位老人
从大山寒冷的铁里挤了出来
凛然地带着火的余威

他看到挂在墙上的镰刀
被挂在旁边的辣椒映热
他听到狗吠中也有火苗在哧哧地响
一心一意,要把严寒吓退

点灯的人像灯一样坐了下来
平静而安详
骨头里的疼蓦然亮了一下

点灯的人低哼着
万树枫叶涌动
山歌也开始熊熊燃烧

有时老人把灯当作朋友打量
有时灯把老人认成了
两鬓风霜的灯

只有灯盏里的油蓄满了老人的心事
而且还知道
他的心脏边始终是日出……

    2008年6月初稿，2017年8月定稿

犁田的人

鞭子呼的一声抽红了朝霞
犁田的人溅起一阵阵欢乐的水花
犁过去一排排泥浪
像一些好看的事情在翻给他看
犁过来又是一排排泥浪
仍然像一些好看的事情要他细细地猜想

他没有让梦横过去
也没有让梦倒下去
而是让梦在微风中不断地往返
幻现出绿油油的秧苗拔节灌浆的希冀
扬花吐穗的爱情……

守时的白鹭飞过他时
他正犁出了一条直线
那么的端端正正
像他的追求纯洁朴实
闪闪地发着银光

很快他将上午犁成了下午
很快他看到镰刀结队而来
一担担金灿灿的谷子挑回了晒场

不一会儿就晒成了白米、欢笑和酒香

当落日像一面铜锣被山歌撞响
犁田的人抬起头来
浑身都是嗡嗡的回音

2008年6月初稿，2017年4月定稿

回乡的人

他们用布谷鸟的叫声引路
他们让蝴蝶的花衣在两侧飞舞
回乡的人一长串
像喜鹊组成的队伍

男人的大嘴巴越笑越宽
女人的身体乐得一颠一颠
孩子们是蹦蹦跳跳的彩色糖果
每一步都十分的香甜

他们从城里来
他们向故事走去
他们要去看望白发的故乡
槐花中的前辈

他们要去同山歌的口形相对
同镰锄的节奏相应
他们要去再瞧瞧老屋
旁边的那口古井
要去大枫树下找到自己的根

一株株高粱把他们映红

一层层梯田把他们抬高
他们已经深到白云深处
他们被旧居的鸟鸣、鸡啼、羊叫、牛哞
一遍一遍地拥抱

有的流下了老泪
有的捶着祖母的床沿失声痛哭
有的沉默
有的再次向敬畏弯腰……

唯有孩子们不懂得沧桑感
像小青蛙追着欢乐的虫子跑
忽然,老爷爷在喊"入席啦!"
原来,院坝里摆上了酒宴
有热腾腾的老腊肉
有香喷喷的苞谷酒……

这会儿的欢乐
比正午大比回忆宽
它让回乡的人举杯的时候
杯沿频频碰响头顶的太阳

2008 年 5 月初稿,2017 年 9 月定稿

打核桃的人

核桃成熟了
打核桃的人欢呼起来
他们手挥长竿
把核桃打给跑来的秋天看
打给心中的爱情看

他们在树下奔跑着仰望着
核桃像雨点一样下落
打在他们的肩上
打在他们的背上
把脑袋打响
把想法打新
把血液打烫

有个人爬到了树上去打
他说他打的不是核桃
他打的是满天星斗
带硬壳的星斗
有着核桃仁的星斗

他要把这些星斗
打得叮叮当当地唱歌

他要把这些星斗装进箩筐装进麻袋
运往四面八方

他要让天南海北的朋友
尝尝核桃的心意
尝尝核桃的光芒
补补自己的大脑

核桃成熟了
核桃村一片沸腾
每个人都像核桃那样欢乐地蹦跳……

2009年8月初稿,2017年3月定稿

迎亲的人

迎亲的人
被唢呐吹奏着
被欢笑簇拥着
被喜鹊追随着

迎亲的人
心中没有了风雪
每个人的脸上
都是喜气洋洋的婚期

迎亲的人
抬着花轿在颠
抬着群山在闪
乐得桃花、李花、油菜花
跟着呼喊

迎亲的人
抬着喜宴在跑
抬着嫁妆在飞
他们逐尽了骨缝中的乌云

迎亲的人

跨过小溪翻过山坳
通过高速公路的立交桥
目睹了流星似的车流
想到了自己富裕的速度

迎亲的人
把山乡的少女抬回了城里
梦想着把笋子同高楼大厦嫁接
梦想着把城里的街道搬一些到乡间去

迎亲的人
看见蝴蝶多了起来
看见蝴蝶眼中
尽是喜悦的泪水

2009 年 9 月初稿，2017 年 9 月定稿

养猪的人

你用朝霞养猪
你用花香养猪

你用泉水味很浓的山歌养猪

你用鸟声养猪
你用月光养猪

你用青菜养猪
你用露水养猪

你用笑声配制出的饲料养猪

所以你养出的猪
雪色玉肤

所以你养出的猪
肉也有一种海棠的芬芳

所以你养出的猪
总是扇着满足的大耳朵

甩着欢乐的小尾巴

树上的喜鹊
老在夸你心灵手巧

院边的桃花
乐意红到你的腮上

就连你依恋的那颗星斗
也伴在枕边睡眠

你养出了一幢新楼
你养出了两个大学生

你说你还要养出半个县的自豪

你还在用誓言养猪
你还在用神话养猪

你要将幸福养得圆滚滚
你要将日子养得甜津津

你不愧声名赫赫的"猪皇后"

你是我的嫂子
我的光芒

2009年4月初稿,2017年4月定稿

薅草的人

薅草的人
是我白发苍苍的母亲

正午很正
母亲的身影却有些偏斜

烈日像一团很重的火
压在母亲佝偻的背上

我听到母亲骨头里
很老的铁被烤得哧哧地响

母亲破旧而单薄的衣衫上
凝满汗的灰烬

而母亲低着头
仍在缓慢地移动

儿女们在母亲的远方
心疼得直淌泪

坡边的鸟儿瞧了母亲一眼

顿时急白了头

2008年4月初稿,2017年4月定稿

在天上飞的人

农民韩五谷第一次坐飞机
突然就变成了在天上飞的人
像风有些紧张
像糖高兴得快要融化

他将脸贴在机窗看见一朵朵白云
如同他种出的棉花
不一会儿霞光照过来
棉花又变成了火红的高粱

他感到地面上的许多事物都来到了天上
包括他家漂亮的小洋房
院前的一亩荷花
还有曾经蹲得很矮的想法

他想到送他登机的妻子
一定还站在畅想中望着他飞
像望着一条长了翅膀的大鱼

他还在想在广州打工打成了白领的女儿
也一定领着男朋友
在那边的机场望着他飞

像等待一个小小的节日降临

他想啊想，他飞啊飞
眼睛微微闭上幸福地养着神
蓦地飞机摇摆了几下
他赶紧坐稳腰身害怕内心的欢乐
无端地泼了出来

2009年7月初稿，2017年3月定稿

插秧的人

谁在平整四月
谁在打开秧门
布谷鸟飞来飞去地应答
"是他们,插秧人
是他们,插秧人!"

他们弓着腰
很像虹的身架缓缓移动
他们分着秧
手上的绿色一行行地布到田里
指头的白云在优美地变幻
掌内的老茧在默默地闹春

他们插呀插
要把尖山坡的山歌插进田中
让山歌生根、分蘖、拔节、灌浆、扬花
吐出一穗穗新的山歌
再一穗穗嘹亮地传唱

他们插呀插
要让核桃村的笑声,宽些,再宽些
响些,再响些

一直延续到八月
延续到同晒场一起欢乐一起飘香

他们中的大多数都是打工仔
为了父母的白发
他们在农忙季节归来
为了镰刀的美梦
他们甘于献出热汗
虽然他们的身体里还有机器在轰鸣
他们的骨头间还有螺丝在拧紧

但是他们仍感到有用不完的力量
尽不够的孝心
阳光灿烂，布谷鸟还在飞来飞去地叫着
有人看见
布谷鸟的叫声也像插秧人一样
弓着腰身

2009年1月初稿，2017年9月定稿

写春联的人

红纸铺满霞光你在霞光上写
红纸浸透花香你在花香中写

蘸墨如蘸海水你要写出胸中的好气概
落笔如有雷声腕下生起闪电
一横如担山扁担
一竖如擎天宝柱
"点"如核桃
"勾"可钓鱼
"田"里稻谷飘香
"山"上林木葱葱

写一副"开门闻喜讯，举步见春光"
送给新村长
写一副"年丰人增寿，春早福满门"
送给老支书
写一副"勤是摇钱树，俭为聚宝盆"
送给李二宝
写一副"多种经营致富，广开门路生财"
送给唐小丫
写一副"美酒一杯辞旧岁，红花万朵庆新春"
送给高大爷

你还要写一副"坐看溪云忘岁月,笑扶鸠杖话桑麻"
送给村里的敬老院
你还要写一副"株株桃李争艳,朵朵葵花向阳"
送给村里的幼儿园
你还要写一副"社会安定千家乐,人寿年丰万户欢"
送给驻村的民警室

你写啊写
写得满天喜气遍地春光
你写啊写
写得八路进宝四方来财

你不愧"村里的老秀才"
你保住了"优秀教师"的好风采
当你搁笔河山"当"地响了一声
当你昂起头颅银髯飘飘
脸庞如同春联满面红光

2008年12月初稿,2017年11月定稿

乡村诗人

他临出门时一只过路的鸟
顺便叫了他一声
他端详桃花的瞬间
心中已结满了果子
他捧起稻穗微笑的刹那
爱情的籽粒早就饱满

他忘不了走向红高粱
地是他的火焰和酒
他屡屡向枫香树致敬
因为叶子红了的那季
他总能写出无数好的句子

他对一朵白莲花感恩
也许她的母亲还存活在洁白的藕里
他面对野菊花痛哭
并不是野菊花遮掩了他父亲的坟头
而是乡亲们的日子还这么清苦

他踏雪登上山顶
在那里他得到青松的陪衬
同时心怀更为干净

他在一个镰刀状的下午很想弯了过去
面对那些金灿灿的麦子
他俯下身子观察蚂蚁
害怕踩疼了一个词的脚趾……

2009年2月初稿，2011年7月定稿

牧羊人

牧羊人
我要以牧歌的方式眺望你
眺望你周围站着的松树
眺望你头顶上盘旋的山鹰

牧羊人
当黑山羊嚼过青草和野花
尝过泉水和云影
它们会咩咩地欢叫
把你肋骨里的灯火唤醒
把你牧鞭梢的情歌惊动
使你的想法变高
高如情歌中的山尖尖
让你的羊群扩大
大如滔滔的白云在翻涌

牧羊人
你用喂养的黑山羊换来了女儿的学费
换来了母亲的药品
你说你还要用它们
换来一幢新房
换来飞奔的汽车

让全村的喜鹊都来恭贺你

牧羊人
你眼中的星星不会起身而去
你远去他乡的女人就要回来了
院前枯了的山桃树做够了噩梦
也重新发芽了

牧羊人
你的额际天空在继续打开
你的心头明月在更圆更亮
我在黑山羊的脸上找回了你的微笑
我在黑山羊的眼里重逢了你的惊喜

牧羊人
我要以牧歌的方式眺望你
我要让我的手抚摸你山歌中的双角
让它们不再隐隐疼痛……

2007年4月初稿，2017年7月定稿

摘樱桃的人

她把最好的樱桃分给了我
那种红仿佛深颜色的恋

这带核的上午
汁水饱满的情感让我忘了说手指头
晶莹的露珠忘了说枝丫状的光线

我只在她的眼中发现了神秘的甜
这时鸟声请我们坐在樱桃树下
挨拢来的还有大朵的野花

她仰面倒在我的身上倒在诗歌的怀里
呼吸加快双眼微闭
恰似满面红晕的樱桃

对着她的口唇我感到樱桃已成肉质
揽住的腰身觉出了樱桃树的战栗和摇晃
她深情地说出:"我宁愿像一滴露水
死在蕊里,也不想在花中走散!"

我急忙应道:"妹妹,你是我的樱桃
吻你时,幸福弯腰

整个上午竟是那样红光闪闪!"

2004 年 4 月初稿,2017 年 5 月定稿

养孔雀的人

养孔雀的人比孔雀高些
却没有孔雀美丽

他粗皮黑肤脸上长着一对
鸡一样细小的眼睛
但他聪明、勤劳、执着
曾经暗暗发誓:要把鸡也养成孔雀
要让穷日子变得美如孔雀开屏

于是他从云南引进孔雀
他把孔雀养成了致富经
于是他带动乡邻们养孔雀
山山水水都是孔雀转身的反光

现在他走路像孔雀笑起来像孔雀
叫的时候更像孔雀:开朗、乐观、嘹亮
啊,养孔雀的人在看孔雀开屏
在看孔雀继续开屏羽毛沙沙展示
方圆数十平方公里的土地
都幸福得微微颤动

2008年4月初稿,2017年4月定稿

养蜂的人

养蜂的人并未说出槐花的方向
就像自己正在到来

他把蜂箱一一地摆放
给大地显示出一次次弯腰的姿势
蜜蜂们像新的客人拍着翅膀匆匆起飞
它们懂得养蜂的人心中埋着一个愿望
不能让这儿的空间成为空白
他要让蜜蜂变得紧张让时光嗡嗡地响
他要让蜜蜂钻进花蕊如同钻进天堂
他要让蜜蜂钻出来时两腿花粉满面阳光
他沉默寡言站在坡上
状如一株无风的树安安详详

他的身上在开花他的心中在酿蜜
他没有惊动一滴草上的露水
只默默地注视着那些心疼的蜜蜂
仿佛一些细小的爱人在不停地飞来飞去

2007年5月初稿，2017年7月定稿

磨镰刀的人

明儿就要割麦子镰刀兴奋不已
而磨镰刀的人要比它们激动万分
风轻轻地吹
月缓缓地圆

他在院坝弓身磨着镰刀
霍霍地,像在把银子磨给夜晚听
他蘸着月光磨蘸着汗水磨
磨得镰刀连呼痛快
他蘸着麦香磨蘸着夜露磨
磨得镰刀的心直往丰收飞奔

他磨呀磨呀
睡梦中还在妻子的身上磨
直到磨亮鸡鸣
磨斜北斗七星
磨得麦子大片大片地倒进他的怀里……
而镰刀们对他充满了感激和敬意
并悄悄地试着刃口

2005年1月初稿,2017年5月定稿

张寡妇

那天你真不该没关门就出去了
不然村里的人是看不见床下那双草鞋的
从此女人怕亲近你男人怕娶你
你的板凳结了一层冰
连天天飞来看你的花喜鹊躲得远远地鸣叫

那天你真不该去跳河寻短见
你为什么要让落日哭泣
为什么要让母亲遗下的花长裙去做河里潮湿的花朵
村里的人曾经夸你比画报上的美人还美啦
比深山的兰草还清秀啦

那天你真不该走得那么惊慌、绝望、突然
你知道不知道你死后村里的人还是怕你
把你埋在离村子很远很远的地方
为你守墓的是荒草是野花是我诗歌中替你辩解的那只乌鸦
往日村里的人为争一个田角都会打得头破血流
但你的屋基空着土地空着上面荒芜着传说

那天你真不该没同三月打一声招呼就急匆匆地走了
现在村里的人冒出了更年轻的一代
他们敢大声地说笑大胆地恋爱

终于有一天他们相约着为你不安的墓地立了一块石碑
上面刻着几个碗大的粗字:"美丽的张寡妇,我们爱你!"
欢呼声中山坡高了起来
奇迹发生了——你变成一只蝴蝶
从墓中漂亮地飞了出来

1988 年初稿,2017 年定稿

王三爷

王三爷死了满坡的梅花捂着花蕾哭泣
石头上的露珠哭着滚动
风哭得越来越凶雪哭得越积越厚
村子忙忙碌碌地为他
做道场、修灵房、烧纸钱、挖坟山、放火炮
甚至还放电影、耍狮子
本来应该惨白的太阳,似乎稍稍红了一些

王三爷死了村子有了隆重的节日
大鼓的大肚皮被擂得咚咚地响
铜锣的圆手频频地击打如同在鼓掌
海螺爬在道士嘴上怪叫连天
打纸钱的人忙得锥子钉进了大拇指
做蜡烛的人眼睛熬出了红丝
纸钱烧了几大筐映红了半天云霞而他却分文没得到
反是村头开店的张驼背发了财
酒肉摆了几十桌大多数人都吃得笑呵呵
桌下乱蹿的十多条狗啃骨头嚼肉渣
显得无比的兴高采烈

王三爷死了他的三个儿子哭得死去活来
但是王三爷生前却被他的大儿子在三年间殴打了五回

他因此断了一根肋骨掉了两颗牙齿
他的二儿子在外赌博赌掉了他四头肥猪八头山羊
他的三儿子不但偷了别人的媳妇
还伙同"通天鼠"抢了县城的银行
结果是劳改了十年去年才释放回来

王三爷死了王三爷的宽厚善良仁慈却没有死
满村子还在传颂他的高风亮节
他修的桥，补的路，河边的彩虹，坡上的古树
至今还记得他佝偻的身影
他扯草药为西山的五保户治病
绕梁的药香现在还未散尽

王三爷死了他的三个儿子又外出打工去了
媳妇和孙子们都搬迁到远处去了
有一天我路过王三爷的墓地
看见他的坟山塌了半边却也没有人来修复
我想王三爷是不会生气的
王三爷最多感到冷风嗖嗖睡觉时手脚冰凉
王三爷不会发怒因为他的白骨中已蓄满雷霆闪电

立在坟前我久久地肃穆沉思
附近挺立着一颗孤独而倔强的青松
突然坟地闪现出一只雄鹰的翅膀
我看见王三爷骑在鹰背上腾空而去

1988年10月初稿，2017年11月定稿

大姨婆

你有六个儿子每个都成了家立了业
还给你添了一群乖乖的孙子
无论你走到哪里人们都像喜鹊喳喳地夸你

可我怎么也弄不明白你为什么还要一个人
独自住村里最窄、最暗、最破的小茅屋
一盏油灯见到风就站不稳身子
你还要一个人挑水、喂猪、煮饭、洗衣
你还要一个人看太阳，数星星
就连你的生日屋子里也是你和你的影子

满村子的人都以为你很富有
因为你有六个儿子六座银行六个依靠
加起来很少有人比得过你
可是你睡的木板床是大儿子淘汰了的
你用的旧藤椅也是二儿子准备扔掉的
你穿的花棉袄是三儿子打算捐给灾区的

但是在众人面前你总是夸六个儿子好
你总是说你一个人过日子
是不习惯城里的生活
只有晚上你默默地躺下的时候才在枕上悄悄流泪

后来佐佛阴天转晴六个儿子商量好
安排你到六个儿子家轮流带孙子
但是哪天没带好孙子哪天就会有个儿子阴起脸
媳妇也会气冲冲地嘀咕:"你个老不死的!"
每次你都像做错了事似的抱起孙子躲到小屋里不敢出来

有一天李花开得特别的白
五儿媳妇见你大半天没起床来到你屋里准备兴师问罪
发现你在床上永远地睡了
头上包着你在村里时最喜爱的一张皱巴巴的包帕
睁着一双发灰的、流干了泪水的眼睛

媳妇立即放声大哭儿子们和其他媳妇立即一齐响应
哭声惊动了大半条濑溪河
鱼虾和芦苇也哭得白茫茫一片
落日颤颤巍巍地仿佛大姨婆找不到回家的路了

1989 年 3 月初稿,2017 年 6 月定稿

外出打工的姐姐

姐姐，外出打工的那一天全村的桃花都来送你
我和白发的母亲站在山坳向你频频挥手
树枝上的风在不住颤抖
蝴蝶的眼里也藏着泪水

姐姐，你像一只鸟儿背井离乡飞走了
带着沉重的翅膀带着全家人殷殷的企盼飞向南方
从此，我们天天想你天天念你
桃花已经被想红了三年远山被叨念得更青
母亲说她在梦中看见你在制衣厂劳动
你的手下花衣裳在一件一件地诞生
不一会儿就像朝霞飘满了天空
有一件还飘落在她的身上
她像披着锦绣回到了少女时代

姐姐，我却在梦里把你认作一条遍体鳞伤的心灵之鱼
你在生存的激流中苦苦挣扎
被生活的蚀浪呛晕了好几次
你曾经劳累了半年得不到工资

姐姐，每当收到你给母亲的汇款母亲就要大哭一场
我全身的骨头都会隐隐作痛

捧着你的工薪钱如同
捧着一摞摞辛酸一沓沓风霜一团团火焰
除了珍惜就是叹息

姐姐,我多次托南来的大雁代我看望你代我关照你
我多么希望天黑后村子里的那群白鹭依然雪亮
像我的问候熠熠闪光
我多么希望每一朵桃花打开
我们便能在花心看到你的笑脸

姐姐,院后竹林林的画眉等你眉毛都等白了
灌木丛里的斑鸠唤你的嗓音都快唤哑了
姐姐,我好几回都想帮帮你但都被你拒绝
你说,你生性属于蚂蚁、细小、勤劳、知足
搬不走大海扛不起大树
姐姐,我愧对你了我仅有的诗句
不能替你分担不能为你解忧

姐姐,姐姐,快打开手机吧
我每天都想听到一遍你的声音
姐姐,姐姐夜很深了
我为什么还能看见你的额上久久地翻涌着不安的细浪
我为什么还能听见村里的桃花像蝴蝶
频频敲你工棚的门窗

姐姐你像一只生活中的鸟被打湿了翅膀
我多么希望勤劳的阳光忽地一下把你的快乐点亮
我多么希望全村的桃花把你高高兴兴地迎接回来……

2003 年 7 月初稿,2017 年 6 月定稿

卖豆腐的山妹

你从大山来挑着小小的豆腐担子
一股泉水在你的山歌中流淌
一对蝴蝶始终把你追随

小镇认识你大街认识你
你刚放下担子花香就围了过来全是笑脸与你相迎
你卖的豆腐如雪似玉
你说话的口气又白又嫩

有人买一块豆腐好似捧走一轮明月
有人买一箱豆腐离去如同获得了冰雪情怀
有人在揣测你磨豆腐的深夜星斗亮在鬓边
你年迈的父亲帮着你料理
连鸡叫声也想为你推迟
因为它们怕过早地惊动了你

有人在想象你下山时的模样
一定绕过了爱情的斜坡
痛苦的岔道和多霜的小桥
一定走得像喜鹊那样美丽

从小镇的那头到小镇的这头

你的叫卖声不是少了半斤而是高了三丈
从小镇的冬天到小镇的春天
你走过的路程难以用豆粒来计算
你热爱洁白的生活和蔼可亲
你像白鹭带来浓郁的乡情
当豆腐卖完夜也黑了
你的身影还在默默闪光

1986 年 9 月初稿,2017 年 5 月定稿

乡下大哥

乡下大哥头顶一朵忧伤的云
穿过泪流满面的四月
到莺歌燕舞的城里来找我

乡下大哥只比我大五岁漆黑的头发坚硬如松针
宽肩膀上扛着云朵
他说话时眼睛盯着地面一副山羊温驯的本性
他的心上已被人钉上钉子
坐在我的客厅如一尊受伤的岩石

乡下大哥不善言辞
朴实的语言蹲在舌头的脊背
难以走出唇齿的大门
还未开口疼痛的泪水夺眶而出
给我下了一场悲哀的大雨

乡下大哥他美丽如梨花的女儿
穿蓝地白花衬衫的女儿
在屋后嶙峋的黄桷树下
被老村长强暴被撕碎了尊严
他抱着女儿手心里生出一道道愤怒的闪电

乡下大哥驯服如山羊的乡下大哥
从我的口中懂得了法律带血的威力
发出了老虎的啸叫

乡下大哥雄赳赳地走下了我住的三楼
仿佛跨过了三十年的愚昧忍让
跨过了三十条清醒的大江
我明明白白地看见乡下那株盘根错节的黄桷树
在剧烈地战栗在怒吼
在向高悬国徽的地方大步迈去

2001 年 12 月初稿，2017 年 10 月定稿

结婚三个月的哥哥

满山的秋风都在叹息满村的人都在惋惜地说
唐老大,你30多岁的人了还讨不到老婆
注定要像村边岩畔的那棵苦楝子树打一辈子光棍

你听着这些风言风语无法回答只埋头种地
可你种了十几年庄稼也没能种出一个媳妇
一个太阳很红的日子你咬着牙
怀揣从教书的表哥那儿借来的50元钱
悄悄地走出了村子发誓要领回一个媳妇
每当别人问起你时我就说你打工去了
不敢说出真相怕别人笑话

哥哥,我无数次在梦中看见你跌倒在泥泞里
我无数次在葵花状的村庄触摸到你的疼痛
冬天到了你会不会带着麻雀的颜色蜷缩在风中战栗
夜里的时候你一定要像母亲告诉你的那样
"在心中亮着一盏灯!"

哥哥,三年你只给家里写回来一封短信
接到信后第二天我就到县城火车站把你接了回来
同时接到的是一个很好的天气
是你脸上自豪的微笑是你领回来的姑娘

她长着鹅蛋脸白白的皮肤嘴角生一粒莫名其妙的黑痣
一根长长的辫子像她哼着的小调不稳定地晃来晃去

从此村里人觉得我们家是有点与众不同的景象
杨阴阳跑到奶奶墓地转了半天扯高嗓门嚷道
奶奶的墓长大了我们家也该添人进福了
爸妈听后高兴得白发一夜转青
院前的枯树也突然发芽

可是姑娘在我们家只住了三个月
就带着桃花的香气跑了
跑时还带走了我们家存在箱底的500元命根钱
哥哥，你跪在爸妈面前半天不起来
眼泪像可怜的孩子在悲痛中转着圈圈
爸妈问急了你才说姑娘是追不回来了
原因是你帮姑娘家干了三年活
她父母答应你带她回重庆睡三个月

哥哥，你怕村里人知道真相后瞧不起你
也在姑娘走后第二天无声无息地离去
带着山区贫穷的风带着你想甩也甩不掉的羞辱
你走后冷言冷语把我们家围了里三层外三层
只有五只红冠大公鸡一起引吭为你鸣不平

爸妈气得病在床上好像两棵倒地的老树
再也爬不起来

    1988年6月初稿，2017年5月定稿

干　旱

夏天阳光茁壮一束束凌空而下
就像一条条火舌倒悬在空中
大地被舔得口干舌燥
庄稼让火舌轻轻一舔
叶子就像烧焦了的破布
蜷缩了对太阳的痴情
半死不活地吊在秆上
河流弯来拐去地躲藏
仍被舔尽了最后一滴水
河底巨大的舌床上躺着晒干了的死鱼
因为没有水搅和始终咽不下去

我戴着金色草帽在大地上劳作的老爹
弯腰阳光就跳上背脊
站立阳光就跃上头顶
任老爹怎么遮挡避让
火舌都从四面八方苦苦进逼
看着老爹为救活一棵庄稼
比养活自己重病的孩子还要艰辛
我嘴里咀嚼着的饭食像巨石一般沉重
压得我的舌头久久不能动弹

老爹不明白我的心思
也没读过锄禾的诗句
见我久久没有吞下就关切地问
是不是饭里有沙子
吞不下去吐了就是
老爹呀我亲爱的老爹
被你养得白白胖胖的儿子
嘴里就是嚼着了沙子
也一定要和着饭咽下去
因为吞食沙子的艰难远远没有
老爹你在干旱中抢救庄稼艰难

1991年6月初稿,2017年9月定稿

酒是父亲的灯盏

当大山黑成一个夜晚
灶膛的柴火哔剥作响
沉默的父亲像一首古诗
坐在忽明忽暗的桌旁
他深情地盯着酒碗
夜雾从睫间漫过
重重叠叠的山影
被他的目光分开

当他举起酒碗,夜突然站高
整个山区都看见了一个季节的光芒
当他慢咂细品
日子开始在传说里走动
他想起了鸟声中的闺房
五月的羊群如爱情的饰物
想起了十八个险滩上吼过的酒歌
想起了月亮被运回山村
运回的月亮竟变作了自己的新娘

当他仰脖猛喝
咕噜咕噜的旋律如山泉下泻
如镰刀起风如海倒进肚里

顿时大穗大穗的云霞被他盯得发烫
大捆大捆的山歌被他扛着回家
胸中的郁闷散了心灵的创伤好了

一只豹子
从窗外走过说出了父亲的勇悍
一阵阵松涛反复澎湃着酒香
梦中,父亲站在高粱地边
黑暗中的唇带着朝阳蠕动
面庞像灯盏一样红着

2000年6月初稿,2017年4月定稿

唐三爷

唐三爷,你在核桃村守着乌云笼罩的老房子
阶沿布满青苔和闪电
土墙藏着风啸和雷鸣

你多想外出打工的儿子带一笔钱回来
改房造屋,把自己的经历翻新
你多想被粉壁映照坐在明亮的灯泡下
哼点小曲喝点小酒
你多想躺在床上过一个安稳的夜
但枕头不答应噩梦也不答应
你只好让愿望小些再小些
你只好把棉被裹得紧些再紧些

你家的黑狗这段时间像走亲戚似的
在那些乔迁新居的乡亲家里吃得心满意足地回来
尾巴不住地摆动还在不忘感激
你坐在老房子漏雨漏风的灶房
低下花白的头叹息
这辈子唯一对不起的就是这条
跟了你十三年的黑狗它同你一样
从未在老房子吃上一顿丰盛的宴席
它品尝到的除了残羹就是剩饭

唐三爷，笑起来吧
"整村脱贫"的政策下来啦
你梦想的新房子也走来啦
我真愿我的诗句也能为你添砖加瓦
我真愿心中的海棠花也能移到你的院边
为你水红水红地盛开

  2007年2月初稿，2017年3月定稿

那位女人像葵花

那位女人像葵花大脸盘的葵花喜欢嬉笑的葵花
我往往比阳光早一秒钟看到她
那位女人像早晨的葵花,清新、朴实、自然
鬓边的花瓣闪烁着爱情的露水
叶掌上除了宽大的绿色还有故乡的脉络

那位女人像正午的葵花
她把乳房藏得很深
她把腰板挺得很直
没有谁能够说出她的臀部状如磨盘
只有我与她脸上的汗水相通
忘了倒在身体里的一炉火
同她一道把土地站得热乎乎把热爱站得火辣辣

那位女人像葵花夜晚的葵花虫声中的葵花
她常常盯住圆圆的月亮做梦
她怕池塘的鱼少了
她怕荷花的瓣儿缺了
她还怕狗吠对不准地方
但是,一等到天亮
她就把自己彻彻底底地献给了太阳

那位女人像葵花听着雷声不害怕的葵花
淋着暴雨不喊疼的葵花
想法和籽粒都十分饱满的葵花
我撇开了所有的浓雾、烈焰和乌云
坐在坡地上等她

我愿把石榴坐红把蝉声坐烫
我愿那位女人就是村西的张二嫂
或者村东的李金花
我愿她们同全村的葵花站在一起
同全国的葵花站在一起
站得歌谣肩并肩
站得比千千万万亩喜悦还要大……

2009年8月初稿，2017年5月定稿

我羡慕那个在濑溪河边写诗的人

我羡慕那个在濑溪河边写诗的人
他的身上有向日葵的影子
有麦子和稻谷的影子
他挺立时多像山坡上的那株玉米
他弓身时仿佛镰刀在静静地弯腰
他常把文字比作他喂养的鱼群
他也把写诗的快乐比作割麦子时的酣畅感觉
更多的动作在五谷中如一条黑犬守住了故乡
更多的眼神在太阳下一派匆忙
他忽略了一棵古树巨大的伤疤
他记住了要用 4 个小时才能将一只蚂蚁看清
他不认为乌鸦让感觉变黑
他不相信雪落在村子时每一处都非常干净
他要让濑溪河变清澈一些流畅快一些
他希望这里的春天更绿秋天更红
他歌唱劳作后的人们在电视前说说笑笑
在手机里进进出出
生活在他们身边的鸟雀也能够今天穿一件新衣
明天再换一件新衣
他把颧骨都写高了他把头发都写白了
他说他还要把濑溪河写得更长更亮
他说他不写诗就像地里的禾苗会停止生长发枯发黄

我被他说得也像诗歌了
我被他说得更为羡慕他了
因为任何一个字被他放在天空
都会显得更为辽阔

  2008 年 8 月初稿，2017 年 5 月定稿

低矮的人

那个低矮的人手握镰刀
在青草地里割着青草
那个低矮的人弯着腰如同匍匐的青蛙
那个低矮的人哼着歌子
他喂养的牛在坡上同他遥遥相望
那个低矮的人要用 10 朵野花
拼凑出一个爱人
那个低矮的人在捉摸着
自己的日子到底是针眼那么大
或是骆驼那么小
那个低矮的人脸上全是牛的表情
但他抬起头的时候
所有的鸟声都高了

2007 年 1 月初稿，2017 年 9 月定稿

一个乡村诗人的自言自语

我从不误入黑夜
也不喜欢在梦中逐云

我乐意同清晨站在一块同葵花站在一块
在鸟鸣中让自个拥有一部乐曲
我乐意同正午站在一块同红高粱站在一块
战胜逼人的烈日懂得5米之外必有清凉

我乐意同下午站在一块同塘里的荷花站在一块
虽然身上的晚霞还没有褪尽
但内心的月光已经十分清新

整整的一天我同我
所热爱的事物和时光站在一块
就像天空和大地站在一块
热爱和热爱站在一块

而不能站在一块的除了乌云
就是那些讨厌的旱情、暴雪和虫灾……

2006年12月初稿，2017年9月定稿

母亲的村庄

如果火车呜呜地叫那是我在路过你的村庄
如果风像锦一样飘舞
那是我的万只蝴蝶在颤抖着为你歌唱

母亲,我喝了太阳的烈酒饮了月亮的琼浆
内心里聚集着许多红豆
每一粒都在把你深深思念

当桃花在我全身绽放
我一眼就认出了绿风中的白发母亲
当荷花在塘里喊着"我爱!"我便急急地奔跑过来
当山菊花开满父亲的坟头
我已经知道了泥土中根在想些什么
当梅花和着血液燃烧我会明白花蕊边积雪的含义

母亲,我看见那群背着乐器的花喜鹊
叽叽喳喳地幸福着脸上全是乡亲们的甜笑
而那几只鹭鸶总像干干净净的谚语映着水田生辉

母亲啊,母亲,你的村庄充满了爱
充满了乳汁和养育之恩如同永久的乐园和仙境
你稳稳地坐在山麓头上飘着白云手边放着小溪

你喜爱的那只黑犬用山歌调冲着我欢叫

是时候了，我该回来了，母亲，你用劲地抱吧
再一次把我抱成你的儿子
母亲，抬起头来仔细打量吧
是你让我变成了铁灰色的山鹰对着你反复地盘旋
我的胸脯上映着晨曦
眼眶里挤满了怎么包也包不住的滂沱热泪……

2007年2月初稿，2017年6月定稿

老 农

那位老农喜欢接近太阳
因此他有了红润的面庞
就连白胡子上也时时闪烁着霞光

每天清晨他带着民歌登上村东的山坡
他对自己说这阵子的朝阳真像婴儿
刚从红色的胎中生出脐带还连着江河
啼声来自万千鸟雀
他是那么地想俯首去亲一亲伸手去摸一摸

正午太阳正好路过他的大院他像一株向日葵
抬起头来把万丈光芒仰望并虔诚地收入内心
他对自己说这阵子的太阳
如同他旺盛的中年时期视野辽阔血气方刚
那小山丘似的牛犊他也能够抱起来
对着太阳晃上三晃

黄昏他又随同晚霞来到村西的山坡
他是敢于在太阳身边坐下来的人
不怕热不怕融化的人
他对自己说这阵子的太阳象征晚年时期
对着青山还要黄昏恋一回

恋那些往事、五谷、暮霭和炊烟
恋一棵核桃树就这样老了
就这样像一生结出的八万颗核桃
在孙子的诗句中堆积如山

说着说着他抽出系在腰间的叶子烟袋
将烟锅凑向落日只见燃起的红光一闪
他便吧嗒吧嗒地吸了起来

2011年5月初稿，2017年4月定稿

养鱼大户李金花

李金花的鱼塘被洪水冲垮了
也就是说她的一座银行被洪水冲垮了
或者说她的美梦泡汤了

但是李金花不像她妈那样在鱼塘边扯开嗓门
三天三夜地号哭
也不像她的男人一言不发蹲在鱼塘边
如一块沉默的石头

李金花站在高处顺着夕阳向远方望去
她似乎望见了自己养的鱼被深夜的一声霹雳惊呆
害怕得全都闭上了鳃和眼睛
抱紧全身的鳞片如同抱紧一盏盏灯
她望见一道闪电好像巨刃，"哗"地割裂了所有的鱼塘
各种鱼类呼叫着哭喊着
恰似一堆堆银子白花花的亮灿灿的
一瞬间全被洗劫一空
她望见什么都没有只有自己站在山坡上发呆出神
她望见四周都空了死一样寂静
这时星星出来了望着北斗她突然挺直了腰身
头脑里现出了七个明亮的想法

手上产生了万钧力气
风说:"你不能冷冰冰地立在这里,像块墓碑!"
树说:"你岂能空荡荡
你的未来,还有成千上万的红红果实!"

于是她感到老支书站在了身旁
县委书记鼓励她的豪言壮语也站在了身旁
连那轮被洪水从树上冲走的落日也重新升起
站在身后喜气洋洋

于是她暗暗发出誓语要让闪电将鱼塘修补好
要让雷霆将惊走的鱼群赶回来要让弯了的路变直
要让哭泣的母亲欢笑要让沉默的石头重新说话

于是她抵押了房产换来了贷款
她要来了天空要来了清水
她的鱼塘修建得更为科学更为美丽
她的那座垮了的银行
又焕然一新红光满面地跑了回来

2010 年 6 月初稿,2017 年 5 月定稿

送唐三爷上山

核桃村的唐三爷辞世了
我们要把唐三爷抬到山上安葬
不仅抬着他的名号他的肉体
还要抬着他的灵魂他的遗愿

抬着他当村主任时眼里的沉思额上的皱纹
心中的向往和焦虑
抬着他走遍的坡坡岭岭
他抚摸过的红高粱、黄玉米、紫地薯、白荷花
抬着他洒在土地上的想法和汗水
追着他撵的青松摇、山雀叫、野花香
抬着祖祖辈辈对他的嘱咐全村人的敬重和怀念
妻子儿女的哭号……多么地重呀
这个原本身材矮瘦的人多么地沉呀
这个死者压在活人肩上的重量

我们抬着唐三爷缓缓向上登山
我们抬着唐三爷像抬着整座核桃村
像抬着一轮落日垂首、肃穆、缓缓行进
心上堆满崇敬

2003 年 1 月初稿，2017 年 1 月定稿

卷 二

乡村事物

雪落在铁上

雪把夜空擦亮
雪大如斗纷纷扬扬落在铁上铁不语
铁堆在雪中这个村院的一角躺满铁的睡眠
寒风呼啸树木呼啸雪在渗入铁中
雪不知道冬天的花朵藏在何处
但村庄知道铁里的大半蝴蝶还很鲜艳
渗入铁中的雪随同风的纹路酒一样盛开
品味着雪的铁伴装融化
实质上铁醉了依然坚硬
雪落在铁上铁在慢慢清醒
村庄的骨头含着铁鸣叫喷出火焰
院坝里聚集着拖拉机、摩托车、犁铧锄头、耙梳……
这是全家人喜欢的铁心爱的铁
而雪落在铁上如同落在惦念上落在眷顾上
好多的目光铁一样叮叮当当作响

2003年1月初稿，2017年9月定稿

我的山村

以往，一朵向日葵就象征了我的故乡
后来，又多了姐姐的草莓哥哥的鱼塘母亲的槐花和白发
现在，又多了从小院前飞驰而过的高速公路
从院后穿山而过的呜呜火车
乡亲们 50 多年前被大山压得很矮
生活也蹲了下去慢慢地他们抬起了头踮起了向往的脚尖
山村在一年一年地富裕喜鹊也多了起来
夜夜都有春风在心尖拂过丰收和幸福微笑着轮换
记忆褪去了黄草和严霜高粱映红了风
玉米如同绿云在故乡的根须里鸟声抓住露珠不散
连民歌的小道也变宽了
连梦的枕木也在日夜欢乐地颤抖……

2005 年 1 月初稿，2017 年 4 月定稿

在新农村写诗

在新农村的正面,我迎着阳光写诗
比如我写走在春天的路上
谁都在珍惜爱情的鞋子。比如我写桃李歌唱
春风也会怀孕,就像天上,燕子
也亘了几克。比如我写夏天的荷田
触到的莲花就是一位粉嫩的女子,她的下面
一定藏着好藕。比如我写秋天的山野
柿子红如灯笼,千盏万盏
悬挂的枝丫已低垂到凹处,一种结实的甜
让满村人闻到了经霜的汁水。比如
我写冬天的大雪,严寒的风中,仍有山民
在捂着火焰赶路。比如我写
早晨的大红公鸡,它三声啼叫,就叫出了
百幢新房,千只喜鹊,万句问候
和一条比姑娘还要逗人喜爱的高速公路
比如我写婚育新风,李家的独生女儿
也成了传后人,上门的女婿
扶助她,成了顶梁柱。比如我写农民工
他们还乡时,不仅有手上的老茧
还有灵魂的锦绣。他们把城市的好风气
带了回来,让乡村里的城市
不再是海市蜃楼。比如我写喂养的那头

奶牛，它雪白的乳汁，真像我的诗句
一挤压，就涓涓地冒了出来……

2005年8月初稿，2017年7月定稿

困惑的夜

今夜月光为何偏爱核桃村
虫声里有几滴酒?
有几缕桂香还在绕着亲人飘荡?

今夜我为什么放下翅膀
像一只鸟飞累了
轻轻地歇在一株母亲一样的树上?

今夜不知何种原因总是找不出
雷声结冰的理由和春光乍泄的痛快
更找不出故乡的野花是开在诗中的哪一行?

今夜大地白如纸张
我不明白为何这么多的重
压在了虫声窄窄的肩上……

2009 年 8 月初稿,2017 年 4 月定稿

我喜欢乌鸦

我喜欢乌鸦,我喜欢核桃村
老坟山上的乌鸦,它们在这里守了一代
又一代,把羽毛都熬黑了,把眼睛
都熬亮了。一只乌鸦,重不过半斤,但它们
喝下过成吨成吨的山风
驮走过成吨成吨的乌云。它们除了
饮用闪电,也笑谈雷雨
它们让自己的黑出其不意地散开
惊动了那些很假的白。它们
像我那位不惧怕诅咒的先人,喜欢
穿着黑衫对着白云眺望
同时说出种种不吉利但却十分灵验的语言
当他变成墓碑,村里的人
都对着墓碑鞠躬,而墓碑上的文字
就像我喜欢的乌鸦,一点一点地
飞动起来,并不住鸣叫

2004 年 9 月初稿,2017 年 7 月定稿

当我看见核桃

在一颗铁黑色的核桃里
我听到翠绿的鸟鸣

仰起头来
核桃也对着我俯视

我能够辨清核桃的每一道沟回
就像认识父亲额上的皱纹

我能够感到核桃轻微的不安
如同听到母亲深夜的咳嗽

我能够看见核桃树走路
仿佛又在送弟弟外出打工

我能够想象出核桃树热泪盈眶的模样
犹似姐姐出嫁时的表情

想着想着
我就藏进一颗最好的核桃

把灵魂和肉体

搬进小小的村庄

让我在那里回忆种核桃的人
回忆核桃的沧桑

当核桃寂静的时候
总有一种铁在我的骨肉中萌动

当核桃碰着核桃
我便清脆地响了一阵……

2010 年 9 月初稿，2017 年 1 月定稿

梦中的清晨

鸡鸣三遍,我梦见了从太阳中起身的人
村前的那群红马,也在朝霞里
扬起鬃毛,众多的露珠
并不仅仅在地平线上滚动,它们还把
青草染得更青,青如青山
青如我的青春。蓦地,大道边的树木
像鸟一样叫了起来。鱼儿悄悄地
把小河挤宽,几匹远山
一下子就站近了

2008 年 8 月初稿,2017 年 1 月定稿

捉泥鳅

我还在童年捉泥鳅,那些
很滑的往事,还在我的指缝间挣扎
弹跳,漏掉。我赤裸着上身
我的小名也赤裸着上身,在水田里
相互比赛,相互嬉闹。我捉住了一条泥鳅
又一条泥鳅,有的像我
语文书上的破折号,但突然就变弯了
有的像算术里的"1"字
但眨眼间,就变成了"3"字。有的
还在吱吱地叫,唯有我
能够听见它们惊恐的声音。有一条泥鳅
还蹦到我的裤裆里去了,使劲地
扑打着那儿的天空。有一条泥鳅
飞到我的耳畔,好似在说:
"小淘气,我比你还要淘气!我就要
跑了哟,你快来追我吧!"
说完,像一滴雨在空中停顿了一下
就飞快地消失了。我惊呆了一会儿
才被田边的母亲喊醒
但我的手,总是在摸着什么,直到现在

2009 年 1 月初稿,2017 年 3 月定稿

童年记忆

每天,我分三次在坡上出现,一次是上午
我在坡上割草的时候,二次是下午
我在坡上割草的时候,三次是梦中,我在坡上
割草的时候。我的镰刀,始终亮着
醒着。我的黄牛,始终胖着
笑着。每天,坡上还留下了我割草的想法
我山歌的影子,我随风
起伏的形状,我被飞鸟抬高的眼神
幸运的是,我没有被一朵花
耽搁,而草绿得虫声暗了下去……

2008年5月初稿,2017年6月定稿

核桃村的夜晚

天暗了下来,灯却亮了
村中的梨花,白晃晃的,仿佛什么人
在蕊里放满皎洁的思念
哥哥在梦中磨镰,姐姐在楼顶吹箫
悠扬啊,真悠扬!鱼在水里
游荡,鸟在巢边脱了件衣裳。我睁大眼睛
如同少年一样幻想:星空多美
山路上归来的母亲,还真有点像行走的月亮

2008 年 1 月初稿,2017 年 2 月定稿

仿佛灵魂突然一亮

一朵年轻的花站在古老的枝上,一个绯红的轮廓
让我的灵魂突然一亮。如同春光乍泄,我摸到
地平线的惊叫。如同坚果炸裂,芬芳的果肉,来到
手指的山顶。如同硬如玻璃的雪地,被
无畏的鸟喙,啄出一道闪电。同时突然一亮的,还有
雷霆的枝丫,思想的细雨,飞鸟的沉默
以及我微笑的口唇和潮湿的牙齿。而众多的亲人
和故事,也走出记忆,闪闪发光

2002 年 8 月初稿,2017 年 4 月定稿

风吹枣树

风吹枣树,我听到许多事情
在果子中碰响,飒飒地,颠弄出一些
小小的纺锤形时光
我把自己缓慢地放在枝丫之间
风先是把我的痛苦吹走
既而把我的欢乐吹红。我发现
枣子间荡出了无数种声音
有阳光的,有月光的,有鸟雀们的,还有
风霜雨雪的。我开始同它们
一道交响,一起成熟
风吹枣树,枣树开始剧烈晃动
我也被枣子悄悄打疼
一群山雀飞过,枣子摇摇欲坠
我听见有枣核轻轻惊叫了一声……

2008年1月初稿,2017年3月定稿

站在柿林边

十月,是我被染红的时光
站在山梁,大片大片的柿树对着我微笑
我感觉,每一个柿子都包满了火
每一个柿子不只照亮
柿子那么大的地方。每一个柿子
不会在内心结冰
每一个柿子都要让心愿放出甜美的光
每一个柿子,都没有辜负
自己的红。每一个柿子,都记准了
自己的分量。啊,十月
秋天浩大,心事深邃。我突然
想到:把我、老婆和孩子们加在一起
恐怕也难敌一个柿子的风霜沉重

2006 年 1 月初稿,2017 年 5 月定稿

在村庄的手边

三月,在村庄的手边,我是一枝小骨骼的桃花
我静静地,存在于那里,看他人一齐怒放
露水滴落,蜜蜂发响。高山大岭的嫩蕊,是那些
好看的阳光。我没有深色的痛,我早已
从一个人的甜蜜,慢慢地,转变为两个人的幸福
我总是处在生活的边缘,带着薄荷的清香
当村庄的指影,缓缓地移动我的面庞,一阵风过
2/3 的人,开始粉红。我默默地感到
昨天的村庄,在旧。今天的村庄,在新

2009 年 1 月初稿,2017 年 8 月定稿

小马驹

鲜红的地平线上
那匹诞生不久的小马驹跟在母马的身边走得跌跌撞撞
它还不懂得如何去嗅野花
它还没有看见身体里的青草

怀着太阳的胎音
它像钟一样东倒西歪心上却稳稳当当地站着霞光
站着露珠站着像他一样
逐渐长大的庄稼和阳光……

2006年9月初稿,2017年3月定稿

那只白鹭虽然宁静

那只白鹭虽然宁静却有着一种温文尔雅的疯狂
这疯狂来自它的站立
钉子一样钉在阡陌或灵魂之中纹丝不动
这疯狂温文尔雅披着一身白霜
这温文尔雅确实疯狂细长的腿胫如同加进了钢铁
它明亮的眼睛守着前方
它清丽的叫声压在喉底
我多想把它移到我的画面同几位哲人仔细比上一比

2010年1月初稿，2017年9月定稿

青蛙在叫

青蛙在叫遍地的鼓摆在三月中间
摆在夜晚的前胸、后背、腹部
左手的指尖抑或右腿的弯处
青蛙在叫此起彼伏地响如同满村灯火连痛也明亮
青蛙在叫把方形的窗叫得更加深邃
把妹妹梦边的青草叫得一根比一根端正
把发育中的稻穗叫得好似灌浆的爱情

青蛙在叫远走他乡的人在回应
叶脉上路止不住战栗
在一朵云的照耀下思乡的心纷纷返程
青蛙在叫，叫声高低不平宽达数千亩
叫声时而在翻坎时而在上坡
叫声形成翠绿色越绿越翠
叫声一波高过一波仿佛要把闪烁的繁星抚摸

我站在田埂上听我站在月亮下听
直听得整个空间溢满芳香
直听得一万把镰刀在一步一步走近
这些朴实的叫声这些清澈如水的叫声
这些鼓一样的叫声令我竟忘记了自己是一位诗人
因为我找不出什么词语来形容
我唯有感动唯有痴痴地听，久久地听……

山　雀

如果山乡是乐曲它们就是一些小小的音符
如果山乡是诗歌它们就是一些褐色的文字
我看到这些音符带着明亮的眼睛穿过茫茫的晨雾
像山民想看到的事情在天上反复地飞
或者就是一批批石头长着翅膀在空中撞击风雪

我听到这些文字用麦子的声音在叫鸣
用镰刀的声音在回应用芋的声音用野百合的声音
组成了一支欢乐的、清贫的、自足的曲子
在群山中轻轻地回荡

我的爷爷坐在山坡上昂着头长久地倾听
他似乎听出了松涛听出了泉水听出了骨头中奶奶的细语
不一会儿山雀开始绕着他飞翔绕着他歌唱
他的眼角掉下一滴老泪又硬又烫砸在地上发出回响

2007年8月初稿，2017年5月定稿

五月的镰刀

五月的镰刀比四月忙些比六月香些
它们大汗淋漓感到黄灿灿的麦子爱情已经成熟
它们先用清水和月光磨亮自己
再用壮志和雄心砥砺自己然后投身到滚烫的风中

五月的镰刀带着枇杷的香气带着姐妹们两腮的红云
在麦田迈着大步前进
刷刷响的节奏呼呼响的身姿
让五月变得宽阔让镰刀有用不完的力气、比喻和亮光
让镰刀上的故事总是那么锋利
锋利得发甜锋利得淌蜜
大片大片的麦子乐于为镰刀献身

五月的镰刀因此让五月听到
镰刀的第二种声音、第三种声音、第四种声音……
这种种声音汇合成一种赤诚让麦粒叫喊汗珠应答
让镰刀的快感麦子的快感和刈麦人的快感
交响成丰收的旋律

五月的镰刀长些再长些
五月的镰刀亮些再亮些
五月和镰刀原本是一对极好的兄弟

像并肩的快乐孪生的幸福
像相仿的年龄一样的热恋
握镰刀的手怎能麻木岂能松懈
在麦鸟的呼叫中我真想
在镰刀上錾上几粒谈情说爱的星星

2008年8月初稿,2017年7月定稿

螺罐山的桃花

你说着春天的时候,螺罐山的桃花
就悄悄地开了。它们像新鲜的爱情,需要
再绽放一次。它们准备了花蕾
语言和露水,急于把粉红粉红的心事
向你表白。而早早地,我就
顺着一只春鸟的叫鸣,来看你和桃花了
我走在山间的路上,像一件衬衣
或者一双鞋子、一顶帽子、一副眼镜
充满惊喜,洋溢着温馨。你用
清丽的声音告诉我:螺罐山的桃花
不是横行胭脂,不是朝霞暗疾。它们是一种
骨头里柔美的火,是故乡的灯盏
以花朵的形式,向我娓娓地诉说:一个
花瓣就能大如村庄,一枝花蕊
就能让相思扛累。尤其是在经历了
大霜大雪之后,桃花要让人们
不再感到寒冷。它们犹如山区里最好的妹妹
献出最美的脸庞和最好的早晨
你因此同桃花结成快乐的等待,等待
我的到来,爱的到来,燕子
和蝴蝶的到来。我因此像位诗人
仔细甚酌起:词语间的日出,意义上的骨朵

在这里，谁也不愿辜负桃花
在这里，我是多么地喜欢同桃花一起欢笑

2008年3月初稿，2017年1月定稿

蚯 蚓

蚯蚓隐于地下它们无手无足地劳动
足以让土壤疏松阳光发酵万物生长
它们默默地爱默默地忆
身上除了自己就一无所有
雨水漏下来它们视为酒浆
鸟声漏下来它们当作音乐

不仅中国的蚯蚓是这样
全世界的蚯蚓都是这样
就像所有的农民把命运同泥土连在一起
带着蚯蚓的表情自始至终让每滴血液沸腾
让草根也出现云影

想到这些我慢慢地小了
小如蚯蚓小如蚯蚓的眼睛
而地面上的麦穗越来越沉
风中的豆子越长越大……

2006年8月初稿，2017年3月定稿

鸟声来得猝不及防

鸟声来得猝不及防
被惊醒的除了满怀的词语
就是心上一大堆红红燃烧的朝霞
我借小路绕回童年
我在濑溪河畔观看一对红鲤鱼
拨开细浪忽地往上飞翔
仿佛我准备的那道闪电
生出鳞来跳过龙门实现我的理想
而一首山歌在悄悄地淌泪
泪水竟是那么的耀眼那么的滚烫
但我依然惦记着躺在水下的事情
并为它们准备着腾飞的姿势和时光

2007年5月初稿，2017年7月定稿

红　雀

尽管天空很冷
一树的雀儿却红得像炭火
藏在枝叶间叽叽喳喳地闪烁

我看得冰雪在内心融化
人一寸一寸地暖和
我甚至看到枯草红润
石头的血液不停地汹涌
连野桃花也看得突然冒出个骨朵
连我的诗句也热得沁出了汗珠

这群红雀啊让我已分不清
它们和我们
只感到有一批批阳光在提前来到

2009 年 9 月初稿，2017 年 7 月定稿

野菊花

野菊花,你是被我看黄的
你是被我爱黄的

在你的颜色里
我感到过姐姐金子般的忧伤

在你的香气中
我嗅到了几辈人的苦涩

有一刻,我多想挤进你的花瓣
分担一部分风雨

那些花蕊虽然细小
却让我记住了站在花心不敢打盹的人

有一种缘分可以让鸟鸣在菊花上停顿一下
并且由黄变蓝

我不相信一切疑问
只信奉起菊花时热爱便没有间隙

野菊花,你覆盖了祖父的坟头

黄灿灿地,全是站着绽放

不像地面上的丝丝阴影
总是躺着等死

  2009年1月初稿,2017年3月定稿

正午的红高粱

高粱一着火我的词语便全都红了
我的正午就开始燃烧
烈日的红酒碗悬在仰望中

成熟在红高粱里的人站在很烫的山歌上
熊熊的每一个音符都在哔剥炸响
灿灿地每一句话都晒脱了一层皮

唯有红高粱牢牢地站着高高地挺立
经受考验毫不妥协
唯有红高粱额头明亮大汗滂沱
把大瓮大瓮的阳光扛往酿造扛往美酒

蝉声在用劲赞颂:"这样的红高粱
值得被爱看重!"
火风一步步退却一直退到敬畏之中

我不会唱歌也不会饮酒
我只想把我的文字和心跳交付给红高粱
让它们比正午还正比酒味还浓
渐渐地往四面八方飘动……

2008年1月初稿,2017年10月定稿

麻　雀

我爱麻雀早已爱及它们跳跃的树枝
秋天隔在其中，已不是问题
我曾经在麻雀的小脸上存活
那里显示过五官的灾祸
因此我同麻雀一道被锣鼓声鞭炮声吆喝声围剿
因此我险些回不到现在的诗句
时光改变麻雀重新回来

田野上又多了谷粒状的欢快叫声
望着麻雀这些小小的亲人
我是多么的想移几点雀斑到我的诗上
让人们阅读时产生联想闭上眼睛猜测一番：
我同麻雀到底有几分相似几分不似……

2009年1月初稿，2017年3月定稿

这个春天

这个春天真好我的错误也有金色的蜂蜜
这个春天很大大过了我话语中所有的池塘
这个春天不高不低一朵花给了我恰当的位置
这个春天充满寻找我连一朵白云也不敢忽略
这个春天暖洋洋的我感到伤口上的阳光也灿烂无比
这个春天很美使我忘不了我酷爱的樱桃、草莓和口唇
这个春天有点像我的妹妹恋上了就难以分开
这个春天有时也很小小得像蚂蚁在广阔的阳光下忙碌

2008 年 2 月初稿，2017 年 9 月定稿

一株玉米

一株玉米站在自己的风中拼命地绿
一株玉米站起来就是一桩很美的事情
一株玉米左手和右手时常分开
它必须既接住阳光又接住雨水
一株玉米抱着胖胖的娃娃披红缨须的娃娃
躲在玉米林里咻咻地笑
一株玉米很想挪动很想奔跑
但它最终决定还是守住站立的地方
一株玉米懂得成长就是奉献
明白根须里也有故乡
一株玉米像我的姐姐
她说她宁愿朴素地生朴素地死

2009年1月初稿，2017年4月定稿

荷塘翠鸟

它的叫声雨一样准它的态度比生活还翠
提着荷花的清香四处访问
比天空要窄比闪电要快
细细的爪落下就是最好看的字痕
以单数开始以偶数繁衍
常常错过夜晚错过夜晚的黑
夜晚的暗保住了巢如明月
总是飞翔总是欢叫
像冲天直上的箫把阴影引开把痛苦惊碎
它照耀过的青草又把青草照耀
它认识的幸福又传递给幸福
有一次它竟站在我垂钓的鱼竿上
恰似平稳的生活阳光照来清香暗起蜻蜓不惊
它拂过更大的荷花
翠绿的衣袖细小而悠远……

2007年6月初稿，2017年5月定稿

柿子红了

柿子红了一些霜让我平静下来
树木裸露我终于看清了真正的秋天
它们简洁、正直、清爽
只让若干柿子红在枝头挂在风中
向灯笼一样兴奋向喜悦一样闪光

这种红类似心血的红类似高粱的红类似辣椒的红
红成圆形红成八月
让远路的鸟不敢啄食让落日落下去时
还要回过头来望上一望
这种红红得并不让人心惊红得只能让人平稳
像有火焰在柿子里沉淀
像有玛瑙在柿子里说话

这种红在白日迷人在夜晚照人
谁要是摸上一摸十指定会生辉
这种红有一股香甜如同凛冽的蜜
谁要是尝上一尝舌头瞬间便会变成天堂

是啊是啊这片三代人经营过的柿子林
是如此的沧桑如此的明亮
特别是柿子红了
我刚一伸手就触到了无数小小的太阳

暗夜的高粱

暗夜的高粱站在风中
保持着燃烧的形状根须从不打盹

星光在它们身上闪烁虫声在它们腰间变硬
既有坚实的颗粒又有"赤裸的光辉"
把阳光仔细收拾把白昼藏进一穗一穗的爱里
它们如坚韧的民歌没有被暴雨磨损
它们同朝霞混合迎来喜悦的早晨

呵,十万株高粱百万株高粱为一个黑夜醒着
灯亮在高粱的肉里

2005 年 7 月初稿,2017 年 2 月定稿

回 忆

我坐在山坡上回忆
我坐在一株挂满红柿子的树下回忆
回忆螃蟹形的村庄
回忆手指上的云朵
回忆镰刀状的爱情和把手放错的地方
回忆一秆秆高粱像燃烧的谚语
回忆一穗穗蛙声同稻子一道灌浆
回忆槐花夜的母亲
回忆日了的父亲又在我的身体里焕然一新
回忆山民们抬着落日上山的葬礼
回忆白鹭与乌鸦的层次
回忆忍冬花像我家族的个性
回忆松涛向我涌来时磅礴的泪水
回忆爱过青山响而我仅仅是一个有着回声的人
我回忆疼痛，回忆战栗
我用回忆回忆
我用现在的黄昏回忆以前的早晨
我在回忆中看见了自己
我在回忆中找到了自己……

2010年12月初稿，2017年12月定稿

我把自己斜放在山坡

落叶念经,死亡在一天天接近
枫树已是老到
红不出来的时候。鸟声的白
好似去年的一场小雪
我把自己斜放在山坡,因为,我无法
将自己摆放得端端正正
四周,尽是往事的青草,飒飒地响
身体如同石头,越来越硬
内心漏出的闪电
仅仅只能将爱人照亮。血管中的冷霜
像马蹄下的生铁,嘚嘚地疼
起身坐起时
山峦早已变紫。落日,落日
我微醺的口唇
肯定比忧郁辉煌……

2010 年 11 月初稿,2017 年 10 月定稿

核桃村的鸟声

核桃村的鸟声听起来
有一种核桃的坚硬
仿佛声音的里里外外都凝满了铁
闪电在核桃上刻满丘峦的影子
风雨在核桃仁里坐成黄金
当鸟出声核桃鸣叫

我都要受到很重的撞击
有时像一小团春雷远远地滚来
将万紫千红的花朵碰醒
有时像父亲的一句话重若千斤
有时像哥哥的诺言一挺腰
就把全家的幸福扛了起来
有时像牛蹄子把落日踩了下去
总之有坚硬的响动有坚硬的韵律
还有一些经验准备在核桃里鸣叫
还有许多好日子打算在核桃里破壳而出

因为核桃村的鸟声来自核桃树的肺腑
因为每一颗核桃
都有核桃村人的性格
于是,鸟一高歌我的嗓门就会发痒

鸟一展翅我的叫声就会飞翔
特别是樱花红过荷花开过
我早已丢掉了那些畏怯和软弱……

2010年3月初稿，2017年2月定稿

核桃村的雨

核桃村的雨并不同于核桃的大小
每一滴都在飘飞每一滴都在舞蹈
核桃村的雨落在青青的桑叶
叶面是干净叶背是阴凉
叶脉里是晶莹的蚕的身影
和赶路的手势以及一些小小的慌张
核桃村的雨落在弯曲的河里
让风记住了那条细小的鱼
它周围的水竟是那么的宽广
核桃村的雨落在一条耕牛的脊背
堆积的湿压不住多如牛毛的经验
只能让劳累细细地闪光
核桃村的雨落在正在行走的山路上
有点斜有点香
惹得鸟声赶来一步一步地丈量
核桃村的雨倘若真同核桃般大小
那每滴肯定来自核桃的肉
核桃的梦和核桃体内的天空
肯定每一滴都有核桃的重量
都会把那些惦记着故乡的人打得生疼

2009 年 4 月初稿，2017 年 4 月定稿

花朵还未走到秋天

花朵上路了　花朵走在春雨中
娇艳欲滴的队伍
让太阳睁大了惊羡的眼睛

花朵带着片片美丽的绿叶
带着怀孕的露珠
带着村子里少女漂亮的面庞
带着船的形状
带着月亮和星子　上路了

一股股春风追随其中
一个个芬芳的比喻在沿途诞生
花朵前进着
花朵举着清脆的鸟声前进着
鸟声中　花朵的根
无比嘹亮

花朵还未走到秋天　还在为果实赶路
但是　花朵心中
毫无黑暗

2001年3月初稿，2017年4月定稿

一只白鹭

一只白鹭，就那么一只，携着白
在蓝色的天上飞
在绿色的秧田飞。它的倒影，也是
一团白，像银子带着翅膀
印在地面。它的梦
也是一路的白，恰似我的初遇
引着魂花，在山山坳坳
盘旋。它的鸣叫
也是一声声的白，仿佛雪提在风的手中
一滴一滴地融化
只有它的血，是红的。偶尔
被往事划伤
突然像桃花一样流淌出来
令田野轻轻战栗……

2010 年 3 月初稿，2017 年 2 月定稿

站在濑溪河畔

站在濑溪河畔想找一位妹妹
说说桃花说说濑溪河的弯曲说说鱼怎样变大
桥如何站在鸟声之中
哥哥为什么从情歌里跑了出来
站在濑溪河畔想找一位农妇
说说棉花说说白云说说她母亲腕上的镯子
闪烁着几代人的清光
站在濑溪河畔想找一位老农
说说五谷说说镰刀说说耕牛
说说柿子和苹果同样丰满
同样有一种红红得让人忘记了忧伤
站在濑溪河畔想找位乡村诗人谈诗
说说大雪说说灯火说说桥上走过的我
可否在诗歌中捎一棵白菜回家
说着说着我就发现几棵大树站在濑溪河畔
落日站在濑溪河畔白鹭站在濑溪河畔
我和几个自己站在濑溪河畔
我听到的声音很多很多
接触到的乡亲个个都善于辞令
我不打算着急回家
我还可以同一轮明月继续交谈……

2009 年 8 月初稿，2017 年 5 月定稿

落 日

落日从不打碎自己
尤其是经过核桃村的落日
落日只让光凝成依恋
在地面细微地铺洒
落日最多深深地疼一下
再在山坡上重重一顿
落日不会让"寂寞准时来了"
也不让暮鸟随意模仿
落日只知跋涉只知好好地
把核桃村爱一遍再爱一遍
落日的目的地在东方
落日里有新的胎盘
落日发出的绝不是叹息
因为叹息没有光芒

2011年6月初稿，2017年2月定稿

我的故乡是一个花苞

我的故乡是一个花苞
它抱得很紧很紧
抱得花蕊和光芒缩成一团
抱得早晨热泪淋淋
抱得小山峦格外的青青
抱得河水多转了几个弯
抱得鹅群如同在清波里擦洗的银子
抱得林边的烈士纪念碑伟大还在
光荣已经不多了

我的故乡是一个花苞
它高兴的时候肯定打开
当那美妙的一瞬来临
无数香气"哗"的一声
像万道霞光从花瓣中照射出来……

2010 年 9 月初稿，2017 年 3 月定稿

虫　声

如果虫声大于手掌
那整个暗夜
我就无法抚摸
虫声总是愿意小于村庄
因为它们知道
一旦虫声溢了出去，那一定
会响错地方
偶尔，虫声也红如枣子
悬在蒂上
轻轻地摇晃……

2010年5月初稿，2017年2月定稿

苍茫的山菊花

苍茫的山菊花
在冰冷的铁一样的石头上开放
毫不留情地折磨我的目光
这些年我看见的山菊花太多了
它们除了苦涩就是苍茫
它们满坡满岭地用一种隐忍的黄
把时光涂抹把风声涂抹
它们翻腾的不是欢乐而是
一次又一次的等待、枯萎和倒伏
它们始终高喊着"不"反抗着挣扎着
只让我接近它们
不愿意我把它们看错
这千株万株的山菊花全是我的好乡邻
全是我的穷亲戚
他们抖响的不是伤痛
伤痛已经化作了清亮的露珠
他们正在打开自己
放进些外面的东西
他们不想我把它们请下上坡
它们要在山坡上继续热爱继续拼斗
继续做梦直到梦穿
幸福像阳光一样照过来

直到我流出热泪
逐日逐日地叨念:"这些山菊花哟
这些山菊花哟
你们终于让我的内心得到了安宁!"

2010 年 5 月初稿,2017 年 2 月定稿

藏不住秘密的树

我有一个小小的秘密
用小刀刻好
藏在一棵小小的树干上

树多么诚实
不但没有忘记我尖锐的嘱咐
反而哺育我的秘密
与树干一起长大长粗

那长大的秘密
爬在粗壮的树干上
像一个顽皮的嘴巴
张着大口诉说
我儿时的梦想

站在那棵长高长大的树下
我终于明白
世界上没有任何地方安全
就连一棵不会说话的树
也藏不住我小小的秘密

2001 年 3 月初稿,2017 年 8 月定稿

雪落核桃村

雪落核桃村
核桃村白得特别耀眼
白的山坡白的农舍白的核桃树
一棵棵银装素裹像有枝丫的人

雪落核桃村
近十年没下过这么大的雪了
没有欣赏过这么美的雪景了
虽然雪积得很宽很厚
但我未听到核桃树喊冷
更没有听到核桃树发出对雪的抱怨

雪落核桃村
冻死了恼人的噩梦冻醒了美好的回忆
核桃树学会了对抗严寒
对抗雷声的恐吓、暴雨的袭击、雪风的冷酷

雪落核桃村
一群花喜鹊抖落翅膀的雪,
一齐高呼:"核桃村,本应这么干净!"

2015年1月初稿,2017年12月定稿

每一个核桃都是一个字

一个核桃里住着全村的人
全村的人认为每一个核桃都是一个字
一大树核桃就是一树字
一大堆核桃就是一大堆字
一大车最好的核桃就是一大车最好的字
这些字都由核桃变成
这些字说出来有的弓着腰像老了的核桃树
有的在咳嗽全村的人都能听到
有的在笑混合着核桃和墨水的清香
有的字在告诉我哪棵树核桃大
哪棵树核桃多哪棵树核桃少
有的字干脆不说话挂在枝头
被风一遍一遍地磨亮
这些字读出来就有一股清香

2015年1月初稿，2017年9月定稿

雨中的核桃树

你们被大雨淋湿了浇透了
你们欢呼：这雨下得真好
因为这个夏天特别的热特别的旱
再不下雨干死的不只是我们
还有很绿的瓜藤很好听的蛙声
你们说你们拥有那么粗壮的树身干死了
不就等于干死了你们冲天的豪情挺立的雄姿
你们有那么多好看的枝条吸引着四季的鸟群
其中起码有三个季节的鸟都离不开你们了
剩下的一个季节和这个季节的鸟
"它们要写一些最后的话语，在你们身上"
它们要留下最美的歌声
在你们坚硬的核桃里迎风碰响
你们千等万等迎候来了这场及时雨救命雨
你们敞开怀抱在大雨中沐浴像村民们在洗澡
心在洗澡梦在洗澡
你们洗去的不仅是灰尘、劳累、焦灼、烦恼
你们还洗亮了头脑、肩膀、四肢和心脏
有一种默契在四周静悄悄地湿着
有一种默许在相爱里润着
啊核桃村的核桃树你们站在大雨中
反复念叨："这雨下得真好！即使

只下小半天,我们也已知足
并感恩,长流喜泪!"

2014年1月初稿,2017年6月定稿

今夜我在核桃村睡得十分的安稳

昨夜我在李子坝睡得不好
也许是我想到一些同李子一样酸涩的事儿
今夜我在核桃村睡得十分的安稳
我睡在洼地的小院如同睡在核桃的凹里
我睡在一面月光中
而另一面月光正睡在我的左旁
我睡在核桃果繁星般密集的树下
有一颗核桃早响起我的鼾声
有一颗核桃刚在梦里背诵我的诗句
有一颗核桃热泪盈眶
它说它真想落在我的枕边
同我一起入睡不知道这些我会不会知道
我像个睡熟了的故事
平缓地呼吸眼睛闭得不松不深
今夜回到故居睡在东厢
我只是一个核桃村离别多年后归来的儿子
我只是一颗核桃在睡着微笑
在不知不觉中领受慈爱
白发的母亲半夜从隔壁起床
捂着灯盏的光来悄悄照着我看着我

2015 年 1 月初稿，2017 年 2 月定稿

凝视核桃

我将一颗核桃置于左手掌心仔细地瞧反复地凝视
我觉得它很像父亲的面庞
饱经风霜肤色褐黑表情硬朗长满皱纹
这样的核桃头脑不会被风吹走
只有风在头脑中破碎
这样的核桃甘于沉思和沉默雷炸响也不会战栗
我接着感到这颗核桃像铁铸的小房间
里面关着核桃村的神秘人物和传说
关着核桃村的苦水和泪水核桃村的甜和醉
关着核桃村的曙色月光、鸡鸣狗吠和葫豆花似的
谚语
它们从不轻易让人砸开让人听到或者看见
我最后联想到这颗核桃就是我自己
坚强、自爱，像一团凝固的神话抑或寓言
我等待着来砸开我的人
我等待着电光一闪核桃的肉全部献出
世界飘满灵魂的清香

2014年1月初稿，2017年3月定稿

我在核桃中低语

风静了一切安然我在核桃中低语
感谢核桃村感谢核桃村的乡亲
是他们把我种植在这片土地养育在这座坡上
让我成为核桃成为有着核桃个性的人
我由生怯变硬朗由软弱变坚强
闪电照过的壳由铁铸成
是他们让我在核桃椭圆形的房子里
用黑色的眼睛清点白色的果肉找出喜悦的果仁
是他们让我挂在高处不炫耀不自卑
如果偶尔相撞那也是一种亲切的问候
是他们日夜的照料
无数的汗水让我虽然细小却包含着整座大山的激情
我不敢在核桃里逗留更不敢在核桃里熟睡
那样我将愧对核桃村、核桃树和核桃树一样的乡亲们
那样我的身上铁也会熔化
核桃一样的星斗也将黯然失色
核桃树微笑我在核桃中低语:我是核桃树的儿子
我是核桃树的后裔
我反复告诫自己不要辜负核桃树不要背叛核桃村
即便孩桃结得很小很少
即便孩桃闭上眼睛

2015年8月初稿,2017年4月定稿

核桃树在倾听

核桃树侧着核桃树在倾听
我想好奇地发问核桃树在倾听什么?
什么东西这样值得核桃树倾听?
倾听着它额上的皱纹可曾打开?
倾听后它会不会抬起面庞沉思?
我想象它听到了雨
雨的来到像一些细小而湿润的亲人
我想象它听到了风风在为它的枝条洗澡
想着想着我就像倾听的核桃树
想着想着我就像同核桃树一道倾听
倾听核桃中有没有日出日落刀耕火种?
倾听核桃外谁在抢着生长?
山坡上滚动着多少核桃状的惊叹?
一棵年轻的核桃树明白
自己不应该沉默也不该大喊:
"我们不再是悬着的问题!"

2015 年 1 月初稿,2017 年 7 月定稿

受伤的核桃树

它遍体鳞伤雷电给的刀斧给的虫和火给的
枝﹀残损如断臂
陨石把年轮砸得更密更紧
它不吭声不抱怨不悔恨泪水流入心底
恰是最稀罕的雨水
它听着远方斑鸠怀孕的叫声
它闻到了近处的松香
它把腰身挺了起来像由弯扣伸的幸福
而不是破碎的闪电
像在岩石上钻孔唱歌
而不是虫眼慢慢风化
站在村边一棵受伤的核桃树
即便听不到鸟的鸣叫也会微笑

2016 年 6 月初稿,2017 年 7 月定稿

每天都有更多的核桃出现

每天都有更多的核桃出现
不是死亡而是诞生

有的核桃里是早晨
有的核桃里包着黄昏
有的核桃回身时,依然
有着很圆的池塘
有的核桃无论从哪个角度看
都很陌生

每天都有更多的核桃诞生
它们仅仅是核桃而已
仅仅是自己而已

2016 年 7 月初稿,2017 年 2 月定稿

一颗核桃放在盘中

如同放在盘形的小山坳
一颗核桃被她的手放下
好似坚硬的爱落进回忆

没有核桃哭泣听不到核桃悲叹
核桃里坐着天空
天空中的水变成花朵的汁
天堂中的我变成蓝
我爱这核桃就像爱旧朋爱新娘
就像爱同核桃树一样
站着的想法就像爱雨水滴打在核桃上
再也听不到空洞的回响

每天都有更多的核桃出现这就够了
我不在乎它们大大小小的滚动
以及衰壳上铁的皱纹

2015 年 7 月初稿，2017 年 1 月定稿

听核桃树唱歌

风吹着核桃村风吹着我
风吹着我在核桃树下听核桃唱歌
歌声浑圆、坚硬、清新
像一个想法碰着另一个想法
像一个欢乐撞响另一个欢乐
风吹着核桃唱着
唱核桃树如同种核桃树的人
唱核桃决不做死亡的星斗
风唱着我唱着歌声飘进核桃
音符长成了核桃的肉
我长成了唱歌的黑桃树
整个大地到处飘荡着我雄浑的歌声

2015 年 4 月初稿,2017 年 1 月定稿

砸核桃

当锤子砸下去的时候砸响的不仅仅是核桃
砸疼的不仅仅是核桃
砸核桃像在砸星斗像在砸坚硬的想法
面对凌空而下的锤子核桃毫不害怕
那种从容安详
让面对一点点威胁就感到害怕的我
羞愧不已

当全部的核桃被砸完
当所有的核桃不再作声
石头上除了被取走肉的空壳撒落一地
就是淡淡的并非夕阳一样的血
我目睹了一场没有反抗的集体屠杀
锤子的成功来自每一个黑桃的固执

2016年8月初稿，2017年11月定稿

核桃村睡了

风暴平息核桃村睡了
我也在一个核桃里入梦
我梦到核桃树发芽自己开花
我梦到核桃树开口同我说话
我梦到核桃树抖掉乌云
核桃里的天空格外晴朗
我梦到核桃树走动
一不留神核桃树和我一道
就来到了幸福的门前

2016 年 9 月初稿，2017 年 3 月定稿

梦中的核桃树

太阳刚刚红了一下
那棵核桃树就在霞光中转身开始走动

核桃树轻轻咳了一声
草尖的露水震得不住摇晃

迈一步就是 5 米长的阳光
迈两步就是 10 米长的欢畅

鸟雀引路花香相送
山坡往两旁退让

它丢下一个人的坏天气
它忘了一个人看剩的天空和云朵

它在沉思：一个人如何坐在核桃里
成肉，成仁

而核桃终究要被敲打
自己又如何完整地破碎

想到这些

核桃树身上的风雨抖了一下

当白雾散尽我从梦中醒来
看见那棵核桃树已经站回原处

2015年11月初稿,2017年5月定稿

核桃村的路

重返核桃村,村里的水泥路新得发亮
路两旁,种满桃树、李树
杏树、梨树,微风一吹
花雨簌簌地掉落,我真不敢抬起脚步,害怕
踩脏了花瓣,踩疼了春天
再也感觉不出
往亭的乌云还堆在路上,闪电还堆在路上,雷声
还堆在路上。再也没有迷雾来阻拦
冷风来阻拦,荆棘
来阻拦。我走得特别的舒坦
额上的皱纹一齐散开
许多的老年人在我的身上一下子年轻起来
我走得非常的开心
像回娘家的小媳妇,红棉袄发热
胸前的花苞鼓起
不停地战抖。我想起了过去的土路、泥路、小路、
岔路,走着走着就断了的路
走着走着就崴了脚的路,走着走着就没了的路
我越想路越宽,路越多
路越长。我越走,所有的路仿佛
都属于我一人
我听到,有一条新路在家门前喊我。我感到

空气那么的清新，鸟鸣
没有溅上泥泞

   2013年1月初稿，2017年4月定稿

知　了

核桃树上的知了叫了，但我明白，它们
并不是什么都知了。比如我的初恋
它们只叫出了一半
而我的忧伤它们一点不知道。比如前一秒。花乱开
它们指不出哪串花中哪一朵
才是我要的爱。后一秒，火乱燃
蝴蝶统统发疯
吻过的花，尽成灰烬，对泪水的末路不能分辨
比如现在核桃树上一个核桃也没有
它们却在大呼大叫："快来看啦
爱情的核桃快要压弯枝条了！"

2014 年 10 月初稿，2017 年 8 月定稿

土 路

这是一条乡间土路，走不了汽车
只能走马车、板车、自行车
如果拖拉机要硬闯
它只会撞得东倒西歪，颠得惊恐乱跳，急得
满面通红。白天，我看见
赶集的村民，零零散散，在路上行走
有的挑着一担菜
菜叶上沾满星星样的小露珠
有的牵着一只羊
像牵着一朵长着小蹄子的白云在地上碎步细奔
且咩咩地欢叫。有的提着一篮鸡蛋
像提着一篮卵形的梦
有的像花雀，边走边唱，好似
又从情哥哥的眼里醒来
有的像向日葵，紧赶紧开，脸盘上全是热汗
更多的人，像红苕、土豆、青椒、白薯
默默地埋头赶路
夜间，我看见，满山满岭的青
转瞬就变黑了，萤火虫
在土路上空乱飞，有的仅距我的眼角半寸
虫鸣四起，在土路两侧
又是一种暗花的开启。最让我动情

感慨无语的是
村东王家的那只黄色公狗,刚到入夜
它就抖起雄风,一路狂奔
跑到村西,迫不及待地
找到李家的那只白色母狗说话,谈情
一直说到油菜花开完,一直
谈到做爱完成。这条土路在我的记忆中
最深刻的印象是:一辆马车
远去了,土路还在嘎嘎地叫,辙印里的夕阳
静静地闪光

  2017年1月初稿,2017年11月定稿

院坝边

院坝边，石头卧着，篱笆围着，槐花开着
鸟声站着。初夏，给母亲一把椅子
让她在白发影子中坐着
父亲上山就不回来了，他在坡上永久睡着
外出打工的哥哥在农忙时返乡
犁头在肩上扛着
水牛在手中牵着。嫂子担起秧苗，在阳雀声中走着
花薄衫又远又近地漾着。妹妹
在家里煮饭，锅盆碗盏
油盐柴米、鸡鸣鹅叫，在忙碌的手边放着
在乳白色的炊烟中飘着
母亲坐在椅子上，同椅子一道看青山
看白云，看儿孙，看大大小小的往事
在岁月里慢慢忆着。母亲
依然分得清方向，辩得明痛和甜的来路
听得见小山村的心跳，想得出
未来的模样，所以槐花
绕着母亲香着。整个院坝因了母亲而显得宽大
因了母亲而格外的宁静着
一阵细微的风
吹到母亲的鬓畔，轻声地耳语："婆婆
这把椅子，就是应该

让你老人家,这么坐着、望着、想着!"

2017年2月初稿,2017年10月定稿

濑溪河的鱼

濑溪河,你的鱼,有青,有红,有白
还有花的
像我的诗歌,充满了象征。青得像童年时光
我活在一条鱼的脸上,活蹦乱跳
幼稚如嫩草,天真似蝌蚪
不识风波多险恶
忘了水中多杂质,尚不懂得如何向惊涛问候
怎样对冲击致敬。红的像我的
青年时代,血气方刚,风华正茂
不避浪打,不怯水呛
立志既向一条河流学习,又同一条河流对抗
蓝的像我的壮年
多累,多变,多伤。赤橙黄绿青蓝紫
感慨多多,鳞片重重
万水千山在鳃中进进出出,换一口气是青春
壮怀似急流。白的
像我的晚年,白须白发白甲,悟懂了
在水中央是生活
在水边边亦是生活。睿智如桨,沉稳如舵
不再贪婪饵食,不再轻易上钩
濑溪河的鱼呀
是我最美的镜子:梭形的镜子,有呼吸的镜子

会游泳的镜子，会戏水的镜子
时而在上游的镜子，时而
在下游的镜子，常常在深水的镜子，偶尔
在浅水的镜子，照亮我的词语
照亮我的一生。你已
真正把我看成了鱼类，看成了你的弟兄
因为我很早，渴望找水
因为我的血管汩汩流动的已是波波鱼血
它会猛然燃烧，但绝对
不会迅速熄灭

　　　　2015年4月初稿，2017年12月定稿

起飞的鸟

鸟飞起来就不属于风
而属于天空了
它不一头撞向红日,而是
带着鸟巢,带着枝丫上的故乡
擦亮晴空的蓝
缓缓地上升
再急急地飞高。它像人一样想独自地飞
飞得从容、自在、镇静、充满激情
翅膀用力地扇着,拍开沧桑
拍出前方。它偶尔
回首,发现飞过的地方全是囚笼。它向下
盯视了一眼,看到大地上
布满了钉子,不许它
过早停歇
它唯有赶路,唯有一个盆形状的四川
在等待它的降落,等待它将巢
安放在一个新的地方
如一轮明月

2008 年 11 月初稿,2017 年 1 月定稿

黑夜的墓地

黑夜的墓地,风吹着,仿佛
我听惯了的文字
叮当作响

笼罩在坟上的刺梨花
隐隐约约的白,好像残雪

我想象,墓中的人
一定还没有沉睡,一定还很明亮
因为他从不畏惧黑暗
内心,有一盏永不熄灭的灯

因为,他是诗人,满脑的文字
都是星斗

何况,刻在碑上的名字,有月光照耀
还有摆放在墓前的白玫瑰

像他喜欢过的
纯洁的人

黑夜的墓地,风吹着,我真希望这位朋友
翻身而起

飞行的鸟

我一眼就认出:那只苍老的鹰是飞行的鸟
鹰装的鸟,生有巨翅的鸟
长有爪子的鸟,心脏里澎湃着狂涛的鸟,眼瞳中
火焰呼啸的鸟。这样的鸟,一旦
翱翔在天空,天空就变成
端详了。这样的鸟,如果移动,就会在大地上
投下故乡的影子。这样的鸟
谁看一眼都会牢牢记住
在内心惊呼:"这样的鸟,实在少见
实在稀罕,实在让人震撼!"
突然,鸟从白云飞近乌云,鸟一下子就不见了
突然,鸟射出闪电,发出雷声
突然,鸟从乌云中飞了出来,嘶鸣一声
亮在更大的晴空